JUMP COMICS

NARUTO
-ナルト-

巻ノ十三

中忍試験、終了…!!

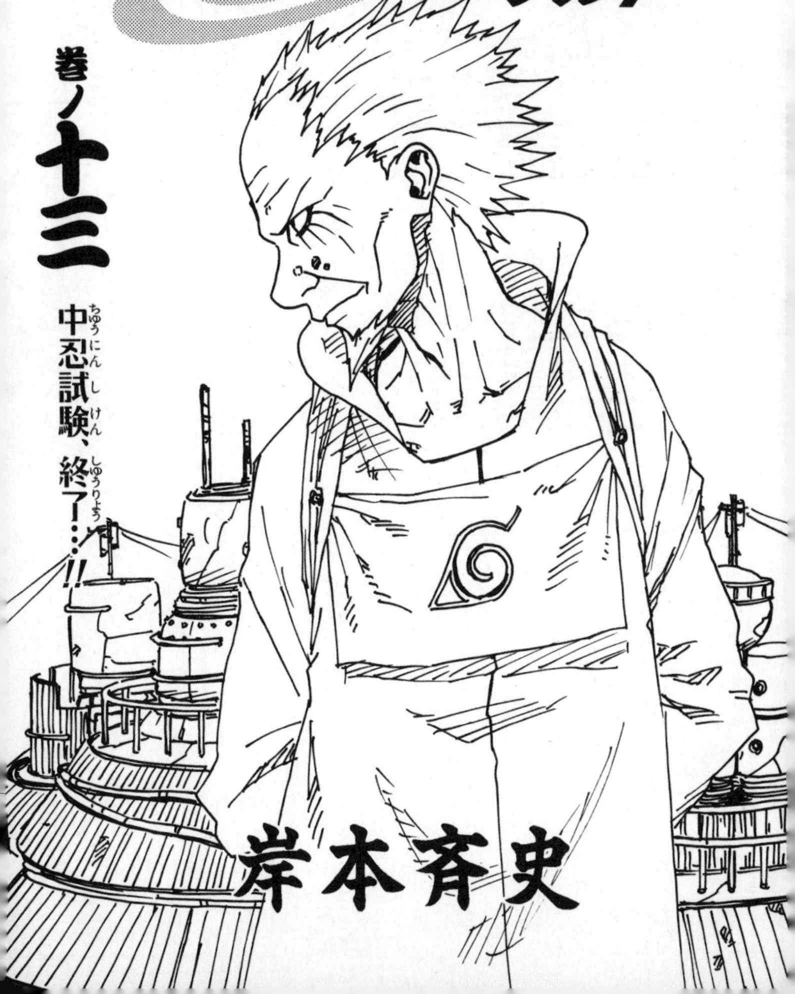

岸本斉史

主な登場人物

うちは
サスケ

うずまき
ナルト

日向ネジ

ガイ

ロック・リー

テンテン

犬塚キバ&赤丸

日向ヒナタ

油女シノ

薬師カブト

春野サクラ

奈良シカマル

秋道チョウジ

山中いの

 大蛇丸

 火影

 テマリ

 カンクロウ

 砂瀑の我愛羅

 カカシ

パックン

前巻までのあらすじ

木ノ葉隠れの里、忍術学校の問題児だったナルトはサスケ、サクラとともに晴れて忍者の仲間入りを果たした。

カカシはナルトたちを中忍選抜試験に推薦。第二の試験会場、「死の森」でナルトたちは謎の忍、大蛇丸の急襲を受ける。大蛇丸はサスケの身体に呪印を残して姿を消した…。

ナルトとサスケは"第三の試験"の予選を勝ち抜き、本選にコマを進める。大蛇丸たちの陰謀が渦巻く中、ついに本戦開始！緒戦、ネジと対戦したナルトは九尾のチャクラの力でネジを倒した。サスケ不在の為、先に始まったシカマル・テマリ戦は頭脳戦の末、シカマルが勝利寸前にギブアップする…。

NARUTO
－ナルト－

巻ノ十三

中忍試験、終了…!!

木の葉、
舞い…!!

勝者 テマリ!!

スッ

…！

…くっ…

……………

あー
疲れた…

クイ
クイ

あ～もったいない何で～？中忍になれるチャンスだったのに～‼

…全く…やる気があるのか無いのか…

…オレも良く分かんないんだよな…そこんとこが

あいつはあいつだよ

…けどあの子の知能と戦略もう下忍レベルじゃ無いわ…

もし基本小隊の四人組で動く実際の任務であればテマリを捕獲じた時点でシカマルの勝利は確定したも同然

…まあ勝負に勝って試合に負けたってところね

確かにやる気が見えないのは残念だが…

己の能力と技の技術を知り尽くしているからこそそれは冷静な状況判断力によるものだともいえる

戦闘中にパニくることもないし変に熱くなりすぎることもない

だからこそ…最悪の窮地と見れば冷静に引き返すこともできる

おそらく中忍に必要とされる心理的素養でいえば……

シカマルは最も大切な…クイ

リーダーとしての資質を備えている！

フム…

小隊のリーダーとして評価するなら…

任務を遂げる事以上に小隊を危機から守り抜く力の方がはるかに大切だからね…

情報収集なんかじゃ『任務はこなしましたが全滅しました』じゃ話にならねぇ…

犠牲やリスクと任務を天びんにかけて生き残る事を第一に考え、動けるタイプでなけりゃ…

中忍になる資格はねーよ…

うるせー
超バカ!!

バカ!!!

シュビッ

！

ザッ

それより
次の試合
ゆっくり
観戦しようぜ…

お前
なんで
ギブアップ
なんか
したんだって
ばよ!?

もーいいだろ
そんなことはよ

…あ！

…次って

…………
サスケ!!

ザッ

！

あ！
あなた様
は…

…やっぱり…

…まだ来てない…

ま！
シカマル
らしいか

キョロ
キョロ

ふたりで
よくぞ
おいでに！

さあ
早く
会場の方へ！

…サスケくん…

第一回戦は
ほとんど
消化していて
……

残るは
うちはサスケと
我愛羅だけ
ですよ！

！

！！

……
ナ…
ナルトくんと
ネジ戦は…‼

それが
面白い事に
……

あの
日向が
負けたらしい
……

……ネジを
ナルトくんが
……

……

……
そうですか

……
やりましたね!

……ナルトくん!!

お前って奴は……
まったく……

うちはは
まだかー！

次の試合は
どうした——！

……………

実は
カカシからの
情報で…

ボツ
ボツ

！

スッ

……………

…おいいよいよ…

…アイツ
ホントに
来んのかよ!?

…来る

…絶対にな!

ん〜っ！
しかし
何やってんだ
あのバカ！
まだ来てねー
のかぁ！？

いやー
遅れて
すみません…

名は？

うちは…

サスケ

サ……サスケくん…‼

へっ…… 他人に散々迷惑かけといて…… つったくエラそーに！

ねぇ…

アレってまさか…

リーさん！

‼

サスケくんですよ！

へっ！
ずいぶん
遅かったじゃ
ねーの!!

オレとやんのを
ビビって
もう 来ねーと
思ってたのによ！

フ…
あんまり
はしゃぐんじゃ
ねーよ

ウスラトンカチ…

ったく…
よく言うぜ

ぜってー来るっ
つったのは
どこのどいつ
だよ

ホラ…

来た

生い立ちヒストリー—16

　高校ではマンガばかり描いていて、進学コースにいるにもかかわらず普通の科目では大学は、まずどこにも行けないと担任の先生に言われてしまった…。「……」「………フッ…」「だから何だ‼」。ボクは焦らなかった／　ちゃんとそれなりの方向を考えていたのだ／それはどういうことか？

　小学生の頃から、何故だか分からないが美術の成績だけはよかった／　…「そうだ／　美術系の大学なら行ける気がするな〜」と密かに何の根拠もない自信が焦りをマヒさせてくれていたのだ／（P.S. 進学コースだったので美術という授業は全くなかったのであった／）。美術系大学は推薦入試では、絵だけが試験科目として扱われるのがほとんどなのである。

　とにかく正直言うと、ずっと絵を描いていた高校時代にあって、まだ自分の絵にデッサン力がないことが自分でも痛いほど分かっていたので「大学でデッサン力を磨くぜ／」と受験用の石膏デッサンを受験前に数枚描いて、いざ受験‼

　…人はピンチに陥った時だけ神仏に祈りを捧げる都合のいい生き物だということをひしひしと実感しながら合否を待つこと数週間‼

　な…なんと…神は、まだ私を見捨ててはいなかった…。

合格である‼
「ウォラー‼　これでマンガ描き放題じゃ──‼　コラー‼」

とやたらテンション高く、いざ美術系の大学へ／

　そして、ふと高校時代を振り返り、こう思うのであった…。3年間…、あの血のにじむような数学、英語、国語、化学、日本史は一体何だったんだと…。

その
はしゃぎ様から
して…

一回戦…
勝ったのか？

もちろん

失格になっちゃった？

もしかしてサスケの奴…

まなんだこんだけ派手に登場しちゃってなんだけど…

ホラ…遅刻したでしょうサスケ

アナタの遅刻癖がうつったんでしょ!?

ったく！

……

で…どうなの？

……

…大丈夫ですよ！

サスケの試合は後回しにされました

失格にゃなってません

あ…

…………

あんな奴に負けんじゃねーぜ！

サスケ！

オレはお前とも闘いたい…

…………

オレも…

お前と闘いたい……！

…ぁあ

キャ——
サスケ
く〜〜ん!

あんだけ
頑張ったのに
もうサスケ…
シカマル
かわいそ

オイ！
あれが
うちの
末裔か!?

うちはの試合が
始まるぞ!!

こー言っちゃ何だが
オレだって
楽しみだしな…

オレなんか
前座扱いでも
仕方ねーな…

ナルトにしたって
あの日向ネジを
やっつけちゃうとは
思わなかったし——

だって——

何がぁ？

サクラー！
アンタんとこの
チームって
なーんかスゴイ
わねー！

・・・・・

サスケくん
だって
うちはの
エリート

・・・みんな
サスケくんの
試合観たくて
ウズウズしてる人たち
ばっかりみたいだしね
——！

・・・サスケくんは
ボクが敵わなかった
あの砂の我愛羅と・・・

そして
ナルトくんは
ボクが倒したいと
願い続けた
あのネジを・・・

何でた……

ギギギギ

ジク

ポタ

…何でこんなに…

ガチャ

……・・・・・・

ククッ
いよいよ…

我愛羅降りて来い

上がる時ぐらいゆっくり階段でいくぜ！

なんだってばよ！突き落としたのまだ根に持ってんのかぁ!?

ザッ

ナルト！上行くぜ

オウ

ワーワー

ヤバイ…
こんな我愛羅は
スゲェに見る

…オ…オイ
我愛羅
…作戦の事
分かって…

………！

今
我愛羅に
話しかけるな

殺される ぞ

オイ！
行くぞ

おい！
急（いそ）げって
ばよ！

人生（じんせい）
あわてたって
ろくなこと
ねーーぞ

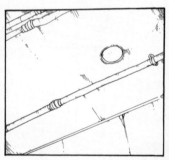

……
どした？

！

止（と）まれ！

ザッ

ザッ

こういう中忍試験みたいなレベルの低いトーナメントは賭け試合にゃもってこいでな…

何人かの大名はそれが目的で来てる

でだ…この試合…負けてくんねーか…

44

…多分前の2人がいなかったら…オレたちが殺されてたな

ふ～

(ケ)(ケ)(ケ)(ケ)

ザッ

サスケ…

あんな躊躇無く人を殺す奴初めて見た…

サスケでもヤバイぞ…こりゃ…

いよいよか…

さて…

忍道

→
出口

来い
←

サスケVS我愛羅!!

!?

愛

ククク…

!

ギギギギッ

!

カカシ！

！

よう
ガイ

カカシ先生！

リーくんも…
もう
体は
いいのかな？

あ───怒るわよ
サクラ…

あ───く

お前
心配してた
だろ…

何も
連絡しないで
悪かったな…

あ！
すまん
すまん

……
そんな事は
もういいの

！

……
やっぱり
ここからじゃ
良く見えない

……！

カカシ先生

……

50

サスケくんの首には…

アザがあったでしょ…アレは…

心配ないよ

アザ？

・・・・・・

…………

ザワ ザワ

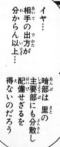

イヤ…
相手の出方が
分からん以上…

暗部は里の
主要部にも分散し
配備せざるを
得ないのだろう

この広い会場に
暗部8人…2小隊とは
少なすぎる…
火影様はどういう
つもりだ…

始(はじ)め！

カカシが
言ってた……
これが砂か…

くっ…

…そんなに…
怒(おこ)らないでよ
………

？

？

待っていろ…

お前たちは必ずオレが殺す…

……あいつあの時

あいつと病院で会った時の事覚えてっか?

……さぁ感じさせてくれ

って言ってたろ…でもそうしなかった

オレたちゃ奴の目にも入ってなかった

絶好のチャンスだったのに…

……オレたちじゃ

物足りねーんだ

今アイツを感じさせる事が出来る奴…

サスケだってばよ！

自分の為だけに戦い自分だけを愛して生きる

・他人は全てそれを感じさせてくれるために存在していると思えばこれほど素晴らしい世界は無い

ナルト…

こいつ…
アイツと…

速い！

ズリサッ

そして…

…速い!!
リーの標準スピードと
ほぼ同じだ…

ボクの
体術イメージ
と…

重なる!!

それが
砂の鎧か
?

来い!

[岸本斉史の世界]
生い立ちヒストリー17

　晴れて大学生となったボクは絵のことばかりが授業であることがうれしくて、まるで夢のような生活であった。

　大学1年生にもなったことだし、そろそろ19歳／　ジャンプのホップ☆ステップ賞を目指し、さっそくマンガを描き始めた。「やっぱり今からは侍マンガが来る気がしてならねーゼ／」と侍マンガをコツコツと描き、完成間近になった頃、とんでもないことが…／／

　なんと／　やはり同じことを考えていてセンスのいい新人がこうもいるものなのかとイヤというほど思い知らされた瞬間ダブルパンチ／／　この世は早い者勝ち……／

　ジャンプ本誌読み切りで、あの『るろうに剣心』の和月伸宏先生のマンガが掲載されていたのだ／　まだタイトルに「剣心」がない頃だったがインパクト大だった。さらには同じ頃、アフタヌーンで新人賞の基準を変えてしまった「死なね一侍」こと、あの『無限の住人』の沙村広明氏が同作で大賞を受賞／／　沙村氏に至っては、その絵も内容も新人のレベルなんてもんじゃなく、もうまるでプロ／「アキラ」以来の衝撃を受けてしまったのだ／

　…その2つのすごいマンガを自の当たりにして、自分の侍マンガをよくよく読み直してみると、……自分の小ささをイヤというほど気付かされることになってしまった…。勿論、その侍マンガは賞に出したが、かすりもせず…。マンガ家への道は遠く険しいのであった／

ナンバー 112：サスケの体術(たいじゅつ)…!!

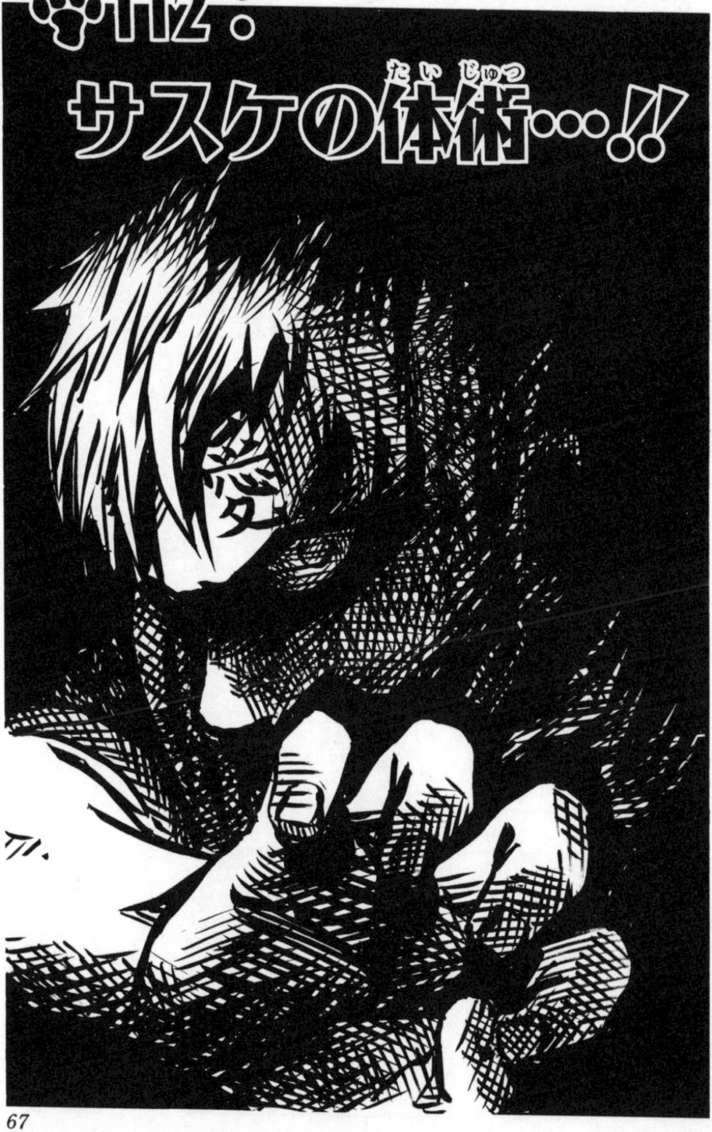

来ないのなら
こちらから
行く！

どうしたよ…
そんなもんか?

スッ

す…
凄い

ズズズ

……

その鎧……剥ぎ取ってやる

重りを外したリーと…

ほぼ同じスピード

な…何か…リーさんの体術とそっくり…

スピードも昔と全然違う!

サスケくん…
君はやっぱり
想像を絶する天才だ

ボクがそのスピードを
手に入れるのに一体
何年かかったか…

それを君は
たった三月で…

ポロ

ポロ

どうするつもりだ
我愛羅…
砂の鎧はチャクラを
使い過ぎる…

あんまり長くは
もたねーじゃん…

……

しかし…やはり
あの動きを続けるには
かなりのスタミナを
消耗する様ですね

・・・・・・・・

だからオレは体術の修業中・・・サスケにリーくんの動きをイメージさせた

・・・サスケはリーくんの体術を写輪眼で真似たこともある

・・・一体どんな修業をした！？

たった一か月であそこまで・・・

74

サスケはリーくんを知っていたからこそあの動きを手に入れる事ができた

もちろんすごく苦労はしたけどね

けど…それだけでは…

体術だけでは砂の彼は倒せない

カカシの奴…憎らしい我愛羅とかわいいリーの一戦を目にしていたはず…

リーですら倒せなかった奴に にわか仕込みの体術が通用しないのは百も承知のはず…

だとしたら…

！

体術ばかりを極めさせたのは何故だ!?

何のために存在し生きているのか？

……

生きてる間はその理由が必要なのだ

オレはオレ以外全ての人間を殺すために存在している…

……どうするつもりだ？

シカマル…

カカシ先生んとこ行くってばよ！

！

スッ

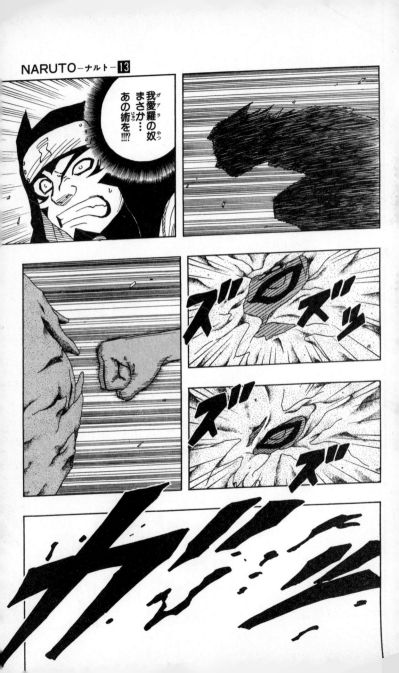

我愛羅の奴
まさか…
あの術を!!!?

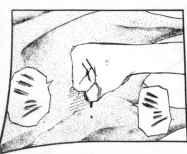

砂を全て
防御に
まわしやがったか
……

砂の密度の
違いで
ここまで
硬度に差が
出るとはな…

絶対防御って
やつか…

カカシ先生!!

ナルトくん!

何なのよ？

先生！
今すぐこの試合を止めてくれってばよ！

ナルトーアンタ…
何言ってんの…？

あいつはオレたちと全然違うんだってばよ！
普通じゃないんだってばよーー！

あいつは他人を殺すために生きている

とにかくっ……

このままじゃ サスケ 死んじまうぞ!!

壬申巳……

間違い……無いあの術だ!

……まずい……我愛羅の頭の中にはもはや計画の事は…

サー

ズッ

…………

カカシ先生!!

心配すんな!

ま！

アイツもオレも…

！

クイ

無駄に遅れて来たわけじゃないさ…

生い立ちヒストリー18

大学1年生の時は結局、賞も取れずモンモンとした生活を過ごしていた。

ある日、「オレもマンガ描いてるよ」という人がボクのところに来て、「オレの原案でマンガ描いてくれたら、お金あげるよ」という話を持ちかけて来た。「自分の描いた原稿で金もらえるなら」と8ページあまりのショート読み切りみたいな、よく分からん話を言われるままに描いて渡した。どうやら5人くらいで同人誌を作るらしく、その中の1人として、マンガを描いている噂を聞きつけたそいつがボクのところに依頼して来たのだ。本は売れただけちゃんとお金を分配するという話になっていたので、本が出来るのを楽しみに待っていたが、いつまでたっても本が出来てこない！

あまりに本が出来てこないので、「いつになったら本が出来んだよ！」とそいつに問いただすと、「まだオレを含めて、他の3人のマンガが完成していない…」。…ボクは「なんで8ページそこそこのマンガが4か月以上たっても出来ねーんだよ！」と言いたかったが、「あ、そうなんだ」と言って、あきれモードに入ってしまった。結局、その時に描いた原稿は渡したまま、…次にそいつを見かけたのは必死にゲームセンターでゲームをしている後ろ姿だった…。その時、やっと（あ！　こいつはウソマンガ描きだったんだと）悟った。

しかし、この世はウソマンガ描きばかりではなかった！　大学2年生になった頃、ある2人の先輩が、そんなモンモンとしたボクの生活を変えてくれることになった！　その2人の先輩は競い合って新人賞を取りまくり、既に担当編集者もついているほどのつわもの達で、寝る間を惜しんでマンガを描きまくっていた。「やった！　やっと本当のマンガ描きに会えたがな！」とうれしくて先輩の家へちょくちょく遊びに行き、マンガのノウハウを色々と教えてもらったのだ！　ボクのマンガも読んでもらい、色々と意見を聞いたりしてスキルを上げて行くことになった！　その2人の先輩にはすごくすごく感謝している。今でもたまに電話をかけさせてもらっている…。…だが、なかなか電話も迷惑なので、かけづらいのである。…何故なら2人とも今は不規則な生活の寝不足なプロのマンガ家なのだ！

遅刻の理由…！！

第三の目…
間違い無い
あの術！！

チイ…
我愛羅

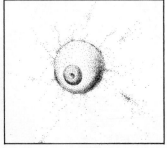

壬申酉辰

やはり

ダメか…

ザザッ

こ

！

ちょうどいい…
オレのコイツも

引きこもり
やがって…
何のつもりか
知らねーが

子申壬
酉卯寅
壬…

ブッ

ブッ

時間(じかん)がかかる…

…先生

ん——？

？…………
聞きたい

ムダに遅れて
来たわけじゃ
ないって
どういう
意味よ!?

黙って
アイツを
見てろ…

だから ンなこと
言ってる場合じゃ
ねーんだってばよ!!

バカな…
我愛羅の奴め…
いつ合図が
かかるか
分からんのだぞ!!

チィ…
ああなったら
何しても
ダメじゃん

計画どころか
ムチャクチャに
するつもり!?
我愛羅の奴…

おいおい
逃げた方が
いいんじゃねーか
……

……計画
……?

オレがサスケの修業についたのは…

アイツが……

ま…
まさか
アレは…

オレに似たタイプだったからだ

94

タッ

チリ
チリ

千千

チリ

ガッ

チリ チリ

肉体活性!?

そう
か
だから
体術ばかりを
鍛え…

スピードを
飛躍的に
高めたのか
…!

そ!

…これが
…うちは一族か…

…まさか…
あの術を…

…す…
凄い…
チャクラが目で
ハッキリ見える…

いったい
どうなってんの!?

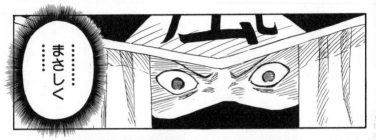

まさしく……

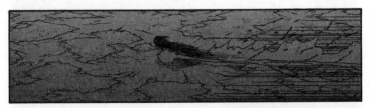

フラ、

ガクッ

チチチ

チチチ

ギギチチ

ただの突きっ…

何なの
あの技…!?
それに
凄い音が…

100

しかし木ノ葉一の技師…

カカシ唯一のオリジナル技

コピー忍者

え?

膨大なチャクラの突き手への一点集中

さらにはその突きのスピードがあいまって…

チッ チッチッチッと……

千もの鳥の地鳴きにも似た独特の攻撃音を奏でる

暗殺用のとっておきの技でな…

その極意は突きのスピードと

そして強大なチャクラを生む肉体大活性

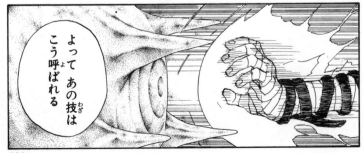

よってあの技はこう呼ばれる

強襲…！！

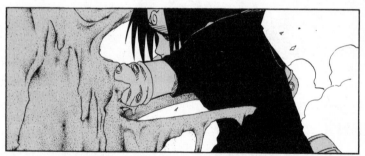

バカな…

……有り得ない

……嘘だろ…!!

我愛羅の
"絶対防御"を
!!

…あれは
カカシの…

上出来ね!!

…つまり
…雷切

千鳥

雷切は
カカシが
あの術で
雷を斬った
という
事実に由来する
異名だよ

雷切
…?

その
本来の術名が
ごくい
極意は
″千鳥″…

人体の限界点
ともいえる
スピード
突き手の速さと
その腕に
集約された
チャクラ…

は?
…雷切った
…?え!?

ウソ
くさーい
話…

す…
すごい…

...そして その腕はまるで...斬れるもののない名刀の一振りと化す

しかし...何てムチャな技を...

お前が...言うなよ... なぁ リーくん!

...なんか 私には理解の範ちゅう超えてるけど!

すごい技......!!

......

...ボクには分かる...ボクなら 助走をつけた あのスピードで 相手にただ真っすぐに突っ込むような攻撃はしない......

というより......出来ない!!

直線的な攻撃は相手にとってカウンターを狙い易い...

そしてボクにはそのカウンターを見切る"目"が無いからだ...

…君の血が
うらやましいよ…

サスケくん
…！

以前一度
君と仕合った時
ボクは
こう言った…

"目で分かっていても
体が動かないんじゃ
どうしようもない"と…

優越感に浸ってってね…

でも 今は…

ボクと同じ
高速の体を
手に入れた…

グッ

そして君には
写輪眼が
ある…！！

つかまえた

フン…さっきまでサスケの心配してたヤローが…

今度はそいつに嫉妬してやがる…

なに…

この…あったかいの…

母さん…なにが…

血がぁ…
オレの血がぁ!!

うわああ!!

あぁ…

！

…ま…
まさか…!?

!!

くっ

あいつの
腕だ…!!

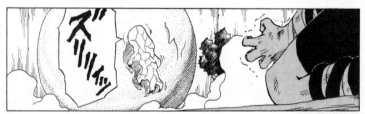

完全憑依体に
なったのか!?

傷付いてる
みたいだし
今までこんな事は…

分からない…

何だ!?

114

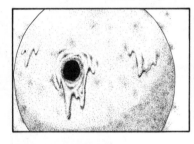

何だ…この感覚は…

………！

!!

やはり
傷が…

不完全なまま
殻が破られたんだ!!

違う…
あの目じゃ
ない!

な…
何だったんだ…
さっきの視線
は…

……!?

アレ…
なんだってば…
目の前が…

カカシ！
これは

ああ…
幻術だ！！

解！！
かい

解！
かい

どういう事ォ！？
こと

フッ…
さすが木ノ葉の
エリート達…

やりますね
幻術返しとは…
げんじゅつ

来る!!

…では…そろそろ

幻術…!
カブトは゛もう゛
動いている
のか…

作戦開始!!!

○『NARUTO』も3年目。アシスタントも入れかわりが、あるのです。『NARUTO』連載当初から手伝ってくれていたアシスタントNo.1のオラクル・ボケをかます九州人、高橋さん（コミックス6巻、26ページ参照）が仕事場を去って行き、新たなアシスタントさんが2人入ってきました。そこで…。

[岸本斉史のアシスタント紹介　その5]

○アシスタントNo.5　西谷浩一

岸本さん
連載3周年
おめでとうございます！

これからも風紀で
がんばってな！

[プロフィール]
●仕事場で一番右い。
●仕事場で一番老けて見える。
●すごく心の優しい奴。
●体格がすごくいい超人ハルク系。つまりデカイ！！
●かつてのアシスタント、高橋さんのオラクル・ボケを受け継いでいた。
●多分世界一のメタル好き（これはマジ。すげーびっくりした！）

[仕事]ベタ、トーン、背景

115：
中忍試験、終了…!!

シャ——!!

ダン

ダンダン

「札」班は上！
「炉」班は下…
大名達を守れ!!

ザッ
ザッ

ズザッ

!!

ボフ

ボフ

けっ....
結界か....！

参ったね
どうも…

裏切り者の
9人目が
いたとはな…

幻術
使ったのは
あいつか…

どうやら
そのようで…

音忍！！

…まさか…
砂が
木ノ葉を
裏切るとはな…

条約なんてのは
相手を
油断させるための
カモフラージュに
使うぐらいですよ

チンケな
試合ごっこは
ここで
終わりです…

ここからは
歴史が
動く…

戦争でも
しようと
いうのか！？

そうです

武力による
解決は避け
話し合いでの
解決を
模索すべきだ
…風影殿

今なら まだ間に合う…

フフ……

年をとると
平和ボケする
のかな…

・さ・る・と・び・
先生！！

…………

…………

…………
お前
…………

我愛羅<ruby>我愛羅<rt>ガアラ</rt></ruby>
作戦を…

…………

どした?

やっぱり…

…………！

う……
うっ…

もう無理だ!!

副作用が出てる…

馬鹿め!!

合図を待たず勝手に完全体になろうとするとは…!

じゃあオレたちはどうすりゃいんだよ!

我愛羅無しでやれってのか!?

!?

……………

う……………

くっ…

中止だ！

先生は！？

チィ…

!!

お前達は我愛羅を連れていったん退け!!

う…
うん！

オレは参戦する

行け!!

このパーティーの主催者は大蛇丸か…?

さあな…

とりあえず盛り上がって行こうぜ…

オイ！な…何がどうなってる!?

悪いが中忍試験はここで終わりだ

とりあえずお前は我愛羅達を追え！

…………！

お前はすでに中忍レベルだ木ノ葉の忍なら役に立て…

！！

…ったく……

何だってんだ……

我愛羅は 役に 立たなかったか

サスケ…!!

！

……… そうか… そういう事か……

……… ククク…

アナタの愚鈍さが 木ノ葉を 後手後手に 追い込んだ… 私の勝ちだ

フン…！ 全ての事はその終わりまで分からぬ… そう教えたはずだったな……

ガッ

いずれこのような日が来るとは思っていた…

しかし…ワシの首はそう簡単ではないぞ…！

…………

言ったはずですよ。早く五代目をお決めになった方が良いと…

三代目…

ペロ

アナタはここで死ぬのだから…

ナンバー
116

木ノ葉崩し…!!

で…
大蛇丸って
一体どんな
ヤローなんスか?

元々なぁ…

三代目の
教え子だ…

昔な…
大蛇丸は
四代目火影を
決める時だ…

大蛇丸は
自分こそ その器だと
主張したそうだ
…………

受け入れては
もらえなかった
そうだがな…

………
それが 何で
抜け忍
なんかに…

それから少しして奴はこの里を抜けた…

おそらく大蛇丸はその事から

……………
三代目を恨んでる

復讐…!?

おそらくな

……………

…オレが昔ガキの頃…奴を見て思ったことが…

一つだけある

人間じゃない
みたいな……まるで
人の形をしている
何かのような…

…怖いんだ

ただ……
怖いんだ…

…………

…………

報告‼

木ノ葉の東口付近に
大蛇が出現！

それに続き
砂の忍 約100名程が
里に侵入！

その付近を巡回中の忍は全て現場に急行させろ！

東口の見張り小屋指揮官と連絡を！

ついに…来たか！

それだけじゃない
もっと最悪な
事態だ

中央の物見やぐらの
上を見ろ

かなりの数だな…

あれは
結界忍術…！

い…一体 何がどうなってんの!?

……………

！

カカシ 結界内を よく見てみろ！

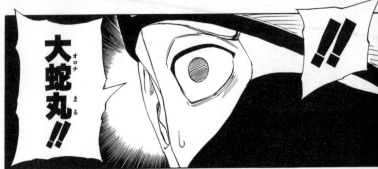

大蛇丸(オロチまる)!!

!!

な…何で…アイツがここに…

まさか またサスケ君を…!!

大蛇丸(オロチまる)!?

サスケ君

……………!

ぐわ！

上は暗部に任せろ
それに…
火影様は
そうやすやすと
やられるような
人じゃない…

…しかし

……
ちくしょう

火影様が
気になるが…

なんたって
あの人は…

木ノ葉隠れの
里の……
火影
だからな

それほどに
嬉<small>うれ</small>しいか…

…
それとも…

ボタ
ボタ

多少の悲しみを感じる心を持ち合わせておるのか?

師であるワシを殺すのに……

………

ツー

やっと…すっきりした

……！

イヤ…眠くてね…

あくびをして涙が出ただけですよ

……！

フン…そんなことだろうと思ったわい…

スッ

ん…そうですねぇ…目的ならなんとなくありますよ

まぁ…あえて言うならば…

……お前が恨みで動くような男でない事は分かっている…

お前には目的も動機も何もない

動いている
ものを見るのは
面白い…

止まっていると
つまらないでしょ

回ってない
風車なんて
見るに値せず…
ってね

かと言って…
止まってるのも
情緒があって
いい時もある…

とにかく…

今は
"木ノ葉崩し"という
風で・私が
風車を回したい…

フン…

相変わらずよ
のォ……

サクラ！

…え？

下忍合否の
サバイバル演習で
幻術を教えた
甲斐があったよ

お前には
やはり
幻術の才能がある

ビクッ

！！

幻術を解いて
ナルトとシカマルを
起こせ！

久々の任務だ…

心してかかれよ

ナルトも喜ぶだろーよ

……！

ど…どんな任務…？

波の国以来の

Aランク任務だ!!

え…!?

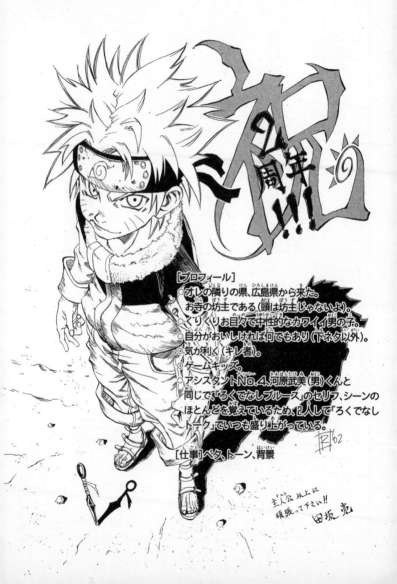

[岸本斉史のアシスタント紹介　その6]
○アシスタントNo.6　田坂亮

[プロフィール]
・オレの隣りの県、広島県から来た。
・お寺の坊主である（頭は坊主じゃないよ）。
・くりくりお目々で中性的なカワイイ男の子。
・自分がおいしければ何でもあり（ドネタ以外）。
・気が利く（キレ者）。
・ゲームキッズ。
・アシスタントNo.4 河原武美（男）くんと
　同じで、「ろくでなしブルース」のセリフ、シーンの
　ほとんどを覚えているため、2人して「ろくでなし
　トーク」でいつも盛り上がっている。

[仕事]ベタ、トーン、背景

主人公 以上に
頑張って下さい!!
田坂 亮

キャ！

…先生‼
こんな状況で
Aランク任務って
一体何を
すんのよ…‼

サスケは砂の
我愛羅たちを
追ってる

サクラ…
お前はナルトと
シカマルの幻術を
解いて

サスケの後を
追跡しろ

プツ

え⁉

…どうも気になる…あの異様なチャクラ…

で…でもそれだったら……

いのやチョージも起こして大勢で……！

おそらくすでに里内には砂や音の忍がかなりの数入り込んでいる

基本小隊である四人以上での行動は迅速さを失い敵から身を隠すのが難しくなる…

忍者学校の巡回実習で教わっただろ

あ！

…そっか！

…え!?

でも四人って……

…あとの一人は…!?

167

口寄せの術!!!

!!

あとは・この
パ・ックンが
サスケの後を
臭いで追跡
してくれる
…!!

も…
もしかして…!
もう一人って
…
このワンちゃん
…!!!

オイコラ！
小娘！！

拙者をかわいいワンちゃんなんて呼ぶんじゃねェー！

！！

かわいい
は……
言って…
ない…

う…
うん！

ズズ

よし！
サクラ

ナルトとシカマルの幻術を解け！

ヒョコ

ヒョコ

解！！

バッ バッ

ん……？

トン

話は後！！
伏せて
なさい！

え！？

ムクッ

アレ？
どうしたの…
サクラちゃん
……

……！？

ゴリゴリ

ヒョコ

？

シカマル…
アンタ
初めから
…！

………！

カプ

幻術返し
アンタも
出来たのね！

なんで
寝たフリ
なんか
してんのよ!!

いって〜!!

カリ!!

…フン
巻き添えは
ごめんだ！

オレは
やだぜ…
サスケなんて
知ったこっちゃ
…………

速…

速いだけ
じゃない…

ハッ!!

では任務を
言い渡す!

聞き次第…
その穴から
行け!

!!

…!?

ガイ
先生!!

！？

サスケの後を追い合流してサスケを止めろ！

そして別命があるまで安全な所で待機！

サスケがどうかしたのかよ…

理由は行きながら話すわ！

ザッ！

行くわよ！

うわっ！

パシィ

バッ

ったく何でオレが…

ザッ、

イッ

174

…パックンを
つけてる
まずは　大丈夫だ…

深追いさえ
しなけりゃな…

奴らだけで
大丈夫か？

…………

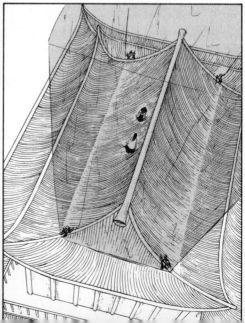

火影様があいつら四人のどいつかさえやってくれれば加勢できるんだが

この結界は内側からじゃないと崩せんな…

…くっ…

内側にも結界張っとけよ

オイ そろそろ始まんぜよ

…………

オウ！

はっ!!

フン…
そう簡単には
出れそうもない
のォ………

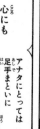

心にも
無い…

アナタにとっては
足手まといに
入ってこられる方が
やりにくいでしょう！

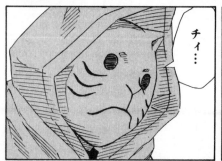

チィ…

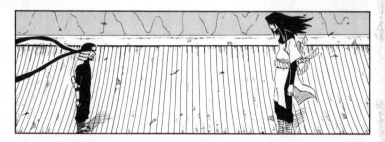

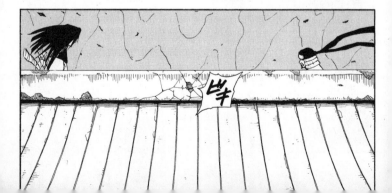

手裏剣
影分身の術！

口寄せ・
穢土転生！！

口寄せを盾に使うとは…！！
しかもこの死人は…！！

!!
ひとつ

!!
ふたつ

ガゴッ
バリリ

くっ……
三人目は
何としても…

みっつ!!

……
三人目は…

駄目だった
ようね……
まぁ…いいわ!!

どうにか
三人目はくい
止めたが…

さて、ここからが
大変じゃな…

よりにもよって
あの二人を

呼ぶとはのオ
…………!!

⓭中忍試験、終了…!!（完）

秘伝・臨の書
NARUTO -ナルト-
キャラクターオフィシャルデータBOOK

● 総勢137名!!『NARUTO -ナルト-』
登場キャラクター徹底解剖!!
誕生日や趣味嗜好等、初公開データが満載!!
キャラの全てを忍ばせた秘伝人物絵巻だぞ!!

● 全86種!! 忍の秘"術"を完全伝承!!
系統や用途等の極秘事項をアイコンで表示!!
焔舞う風を斬る、"術"の極意をここに秘す!!

● 計34点!! 岸本斉史先生秘蔵
『NARUTO -ナルト-』設定資料集
岸本先生に濃密取材を敢行!! キャラ設定集
やラフ画を前に、作品の原点が今語られる!!

● 特別マンガ『木ノ葉外伝:一楽にて…』収録!!
赤マルジャンプに掲載された幻の外伝を完全
収録!! なんと、カカシの素顔がついに…?

● 巻頭8ページ!! 超極美麗カラー
『NARUTO -ナルト-』
ベストシーンコレクション
ＷＪにて絶好調連載中の『ナル
ト通信』と大連動!! 読者が選ん
だ名シーンを鮮烈彩色で収録!!

中!!

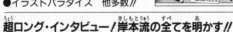

禁術・口寄せ、"穢土転生"で甦った初代＆三代目!!

初代様！二代目様!!

『木ノ葉崩し』編佳境に…!!

大蛇丸の恐るべき野望とは!?

邪悪なり、大蛇丸!!

悲壮なり、火影…！！

サスケたちを追ったナルトたちは…！？

木ノ葉の家を守る！！

ワシの意志を受け継ぐ新たな火影が柱となりて

初代、二代目火影までも甦らせ、木ノ葉を襲う大蛇丸!!死力を尽し、立ち向かう三代目・火影!!結界での死闘はつづく…。

■ジャンプ・コミックス

NARUTO -ナルト-

13 中忍試験、終了…!!

2002年 8 月 7 日　第 1 刷発行
2002年12月25日　第 6 刷発行

著者　　岸 本 斉 史
©Masashi Kishimoto　2002

編集　ホ ー ム 社
東京都千代田区一ツ橋 2 丁目 5 番10号
〒101-8050
電話 東京 03 (5211) 2651

発行人　　山 路 則 隆

発行所　　株式会社　集 英 社
東京都千代田区一ツ橋 2 丁目 5 番10号
〒101-8050
03 (3230) 6233 (編集)
電話 東京 03 (3230) 6191 (販売)
03 (3230) 6076 (制作)
Printed in Japan

印刷所　　共同印刷株式会社

ISBN4-08-873298-7　C9979